KB116875

세월의 흔적

장경학 시집

해피앤북스

작가의 말

작은불덩어리가 불씨처럼 꺼지지도않고 30 여년을 늘 제가슴속에 상처를 내며 가슴앓이처럼 남아 있었습니다

남의인생을 들여다보며 고통 은 해결해주며 25년을 살아오면서 그날의 희노애락 흔적들을 긁적거리며 하나 둘 모아두기만 하였습니다

습관처럼 써내려오던 글들이 이제 밖으로 나왔습니다 그대로 살아있는 내감정들의 글들이기에 어쩌면 유치하고 나를 한꺼풀 벗겨져 있는 글들인지도 모릅니다

혹시나 하고 어제를 살았는데 역시나로 오늘이 왔지만 내일이란 희망을 갖는데 제 부족한 시들이 힘이되길 기도합니다

어느덧 마비가 손가락까지 온 이순간도 한가지 소원이 있습니다 수필같은 자서전 도 세상에 빛을보길 희망해봅니다

제게 늘 채찍질을 해주시고 격려해주시는 큰스님과 안홍렬 총재님께 깊은 감사 드립니다

고맙습니다.

장경학

CONTENTS

CONTENTS

—제2부—
뚝배기 사랑과 양은냄비 사랑

CONTENTS

CONTENTS

CONTENTS

제1부

애증의 그림자

16 세월의 흔적

18 세월의 흔적

새롭게 하소서

미워하고 싶어도 미워할 수 없는
어이없는 표정으로 당신을
쳐다보는데.

그 누구에게도 할 수 없는 것들을
당신의 세 치 혀가 말할 수 없는
독을 뿜어내고 있습니다

소리 없는 총에 맞은 내 가슴은
이미 벌집이 되어버렸습니다

제발
이젠 그만 하소서

애처롭게 당신을 바라보는
나의 사랑을 무참히 짓밟지 마소서.

세상의 모든 사람들의
총알받이가 될 수는 있으나

당신의 독스런 말들은
내 영혼을 빼앗아 버립니다.

제발 그만 하소서
이제
당신의 굴레에서 벗어나소서.

세상 모든 사람들이
당신을 등진다 해도

나는 당신을 위해
오늘도 피눈물 나게 기도합니다.

당신의 착한 심성
당신의 고운 마음
나는 알고 있기에

오늘도 당신을 그리며
기도합니다.

제발
이젠 그만 하소서, 그리고 새롭게 태어나길 기도합니
다.
생각과 마음을 정해놓고
한곳만 바라보니 사방이 막힌 느낌이다.

20 세월의 흔적

보이는 길은 많은데 나의 육체는 하나인 것을
옳고 그름의 기준은 바로 내 마음에 있을진대
따져 물으면 옳고 그름은 없다.
모든 것은 각자의 기준이 아니던가.

세상의 모든 일들이 왜 하고 물었을 때
명쾌하게 답할 수 있는 일들이
몇 가지나 되려나.

모든 건 자신이 기준이고
자신의 기분의 따라 구별되는 것 아닌가

하루에 열두 번씩 생각과 마음의 변화가
요동치는 것은 변덕을 부리는 것이 아니라
나 자신의 길을 찾기 위한 몸부림이다.

세 월

지나고 보니 모든 것이
그립고 아쉽더이다.

세월은 그저 마냥
앞만 보고 가자하고

나는 자꾸 내 발자취를
뒤돌아보더이다.

아무도 나를 알아주지 않고
아무도 나를 보듬어주지 않는데
난 늘 누군가를 기다리고
그리워합니다.

인생이란
어차피 혼자 가야 할
지독히도 고독한 길인 것을

세월의 혼적

그리움의 파도를 타고
외로움을 실은 쪽배에 몸을 싣고
너무도 긴 세월의 바다를
건너왔나 봅니다.

아른거리는 추억만을 간직한 채
뻥 뚫어져 텅 비어버린 채로
내버려둔 나의 빈 가슴에
추억속의 당신을
담으려 합니다.
이제 와서

그 누구에게도 열지 않았던
내 마음의 빗장은
이미 있는 대로 녹이 슬어버려
빨간 녹가루만이 떨어질 뿐

당신을 담을 수가 없네요
담을 수가 없네요

위선으로 세상을 살아야 하는
주위의 사람들 모두가
자신 앞에선 고양이 앞에 쥐인 냥
그렇게 착각 속에 사는
그 어떤 이의 불쌍한 삶 앞에서

난 또 하나의 깨달음을 얻습니다.
욕심이 부르는 죄악 속에서
그것이 죄악인지도 모르고
빠져드는 어리석은 인간의 삶이
얼마나 허무한 것인가를…

신께서 나를 선택하시어
내가 결정한 신제자의 길

초로의 인생의 새로운 깨달음 속에서
한 걸음 한 걸음 성장하게 하시는
신령님께 감사할 뿐입니다

그래서   난
오늘도 불쌍한 그 어떤 이의 영혼을 위해
신명 앞에 두 손을 모아봅니다.

순종(1)

만조를 이룬 바다와
해무를 끌어안은 하늘이
서로를 부둥켜안고
상처투성이인 내 가슴을
헤집고 들어와 자리를 잡는다.

애야!!
가거라 뒤돌아보지 말고
멈칫거리지도 말고 내 손 꼬옥 잡고
그저 앞만 보며 가거라!

우지마라! 토닥이는
내 할머니의 손길이
싸늘한 내 등을 어루만지며

조각난 내 심장에
작은 촛불 하나를 밝히신다.

순종(2)

흐르는 강물이 멈출 곳을 찾더냐
가는 세월이 머무를 곳을 찾더냐

꽃 한 송이 피우려고 언 땅을
비집고 나와 며칠 만에 땅에 떨어져
또 다른 새 생명을 잉태하듯…

세상의 모든 자연은 이치대로
나고 살고 죽을진대

타고난 운명을 역행하여
자신의 가슴에 스스로 못을 박고
고통에서 헤어나지 못하는 중생들이여

이름 모를 잡초들도, 이름 모를 새들도
누가 알아주지 않아도
올 때 되면 오고 갈 때 되면 말없이
순응하며 가는 것이 자연의 순리인 것을

하늘이 내려주신 순수함과 맑음과

순종하는 마음을 잃어버리고

자신의 욕심에 자신의 발등을 찍고
울부짖는 한심한 중생들이여

자연에 순응하자 하늘에 순종하자
하늘이 내려주신 맑고 순수함으로
세상을 다시 한 번 둘러보자

모든 것은 내 탓이요 나로 인한 것이므로
순종하는 마음으로 초로의 인생길
행복으로 닦아 보자

습관

사람은 절대로 고칠 수 없고 고쳐질 수도 없다,
사람이기에 변하는 거겠지

혼자 있으면 외롭기는 하지만
둘이 있어 외로운 건 고통과 괴로움이 따른다

홀로 태어나 스스로 걸을 때까지
수없이 넘어지며 홀로 걷지 않던가.

혼자 놀자
잠시 외로운 건 감정이다
혼자 놀다 보면 큰 자유가 올 것이다

세월은 절대 인간을 외롭고
심심하게 놓아두지 않는다

살다 보면
혼자 사는 내공도 생기리라
습이 되어 버린 너의 모든 것들이
그리 쉽게 변할 것 같은가

그 습에 젖어 습이 되어버린 것도 모른 채
살아온 세월이 64년이다

네 눈의 티는 왜 보지 못하고
남에 눈의 티만 보고 있는가.

네가 변하지 않으면 그 사람도 안 변한다

피해 달아난다고 해결되는가.

네가 있는 곳만큼 편하고 너와 맞는
기도터가 또 어디 있더냐

병든 너의 몸 고쳐서 기도로 완전무장
하라고 데려다 났더니 또 딴 생각,
딴청이구나.

이곳에선 아무것도 생각지 마라
오로지 기도에만 힘쓰라

이곳에서 넌 무인도에 혼자 기도하러
와 있다고 생각하라

부모도 형제도 남편도 자식도 친구도
이웃도 지금 네겐 아무도 없다

오직 네 앞엔 네가 모신
부처님과 신령님들만 계실 뿐이다

네가 해야 할 기도는 목적도 이유도 없다
왜냐고 묻지 말고 무념무상으로 기도하라

언제까지라고도 정하지 말라

신에게 대답을 들으려 하지도 말고

그 누구도 찾지 말고 그 누구에게도
넋두리하지 말라

너는 무당이다
영과 육에 아픔을 치료해주어야 할
환자에게 의사가 자신의 아픔과 고통을
하소연한다면 의사 자격이 있는가.

어리석은 언행을 삼가라
쓰러지고 넘어지고 엎어지더라도
세상 사람들이 알게 하지 말라

너는 무당이다
세상 사람들의 아픔과 고통을 치료해 주기 위해
태어난 만인간의 부모요, 자식이요, 형제요,
이웃이요, 친구인 너는 무당이다

30 세월의 흔적

아무것도 걱정하지 말라
아무것도 생각지 말라

너의 버팀목은 오로지 하늘의 기운뿐이니
뼈와 살이 떨어져 나가는 고통이 온다 해도
믿고 순종하고 따르면

너의 모든 습이 되어버린 것들이
변하면서 많은 것들이 변하리라

오롯이 기도하라 기도에 힘쓰라!!!
무념무상으로 기도하라!!!

세상
사람 그 누구도 지금의 너를
도와주지 못 한다

오직 하늘에서 너를 바라보는 그 기운만이
너를 지켜보며 너를 도와주리라

무엇이든
혼자라 생각하고
오로지 신에 의지하며
무당의 이 길을 가라!!!

명심에 명심을 더하라

시 작

미워하면
미워하는 것이 더 아프더이다.
싫어하면 싫어하는 내 자신이
더 싫더이다.

서운타 하려니
내 설움에 내가 더
서러워집디다.

고맙습니다. 감사합니다.
덕분입니다. 축복입니다.
사랑합니다.

내 눈에 보이는 곳마다
붙여놓고 실천해 봅니다.
힘들다 한들
그 누가 알아주리오.
시계의 시침소리가
내 심장소리와 부딪혀
폭발음을 만들어내고

시한폭탄처럼
내 가슴에 꽂혀있는데
어쩌란 말이냐
갈 길은 정해져 있고

불타 이글거리는
나의 열정과
핏빛으로 물든 그리움에

이미 난
산산조각으로 흩어져
허공을 가르며 혜안의
먼 곳으로 사라지고 있다.

그대
보고 있는가.

끝은......
곧 또 다른 시작임을....

그대는 알는지....

아름다운 이별

보여도 안 보이는 것처럼
들려도 안 들리는 것처럼

당신을 사랑하기 위해
4차원의 세계에서
손가락질하는 사람들을
나 혼자 비웃으며

당신을 내 마음에 가두려
안간힘을 썼습니다.

이별이 아름다울 수 있을까요?
사랑한 기억만 가지고
뒤돌아섭니다.

사랑해준 기억만 가지고
당신을 보내 드리겠습니다
.
행복하소서.
아무것도 받으려 하지 말고

기대도 하지 말고 희망도 갖지 말자.

벗은 몸으로 세상에 왔으니
빈 채로 가는 것이 이치 아니겠는가.

아파야 무당이다
가난해야 무당이다.
세상에 내 것이 어디 있더냐.

신의 몸주로서
만중생들의 고통을 해결해 주는 영매일 뿐

그저
나를 버리고 순종과 믿음으로
이 길을 가면 되는 것이리라

안녕하세요?

만월당 천기만신입니다

때론….
정신없이 바쁜 하루를 보내는
시간의 마지막 정점에서

가만히 뒤돌아보면
목적 없이 이유 없이 괜히…
시간 속에서
하루를 보낸 허전함에

무엇인가
나를 털어놓을 수 있는
공간을 찾아 헤맬 때가
있을 것입니다

때론…
너무나 서러워서, 너무나 억울해서

36 세월의 흔적

숨이 막힐 정도로 외로움에 지쳐서
누군가와 이야기를 나누고 싶을 때가
있을 것입니다.

때론…
정말로 인생의 중요한 기점에 서서
누군가의 따스한 한마디가
그리울 때도 있을 것입니다.

주저하지 마시고
마음 문을 열어 보십시오

그 마음 문 밖에 제가 서서
여러분을 기다리고 있겠습니다.

늦은 밤…이른 새벽… 잠 못 이루는
여러분들을 위해
따뜻한 차 한 잔 끓여놓고
시원한 아이스커피 한 잔
정성스레 준비하고

여러분을 기다리고 있겠습니다.

애중

너를 미워하는 그날은
내게 지옥이었고

너를 사랑하던 그날은
내겐 더없는 천국이었어.

천국과 지옥을 담 없는 이웃처럼
넘나들면서
갈갈이 찢겨진 피투성이 내 모습이
너무도 처절해서

난 이제
너에게 등을 돌리려 한다.

애원

다신 사랑이 찾아오지 않기를
두 손 모아 신께 기도한 적이 있었다.

사랑은 사슬이 되어 나를 묶었고
그 사랑에 목이 멘 내 온몸은
찢기고 할퀴어져 피투성이가
되어 있었다.

다시는 사랑하지 않으리.
할퀴고 찢겨진 상처 난 온몸을
부둥켜 스러안고 버티어서면
사랑은 또 손짓을 한다.

뒤돌아 외면하는 내 마음을
사랑이 자꾸만 돌려세운다.
다시는
사랑하지 않으리라.
애원하고 또 애원해도
난 돌아서지 않으리.

애중의 갈림길

떠나려는 사람을 붙잡을 수도 없고
밀려오는 미움도 밀쳐낼 수 없는
먼지알같은 마음의 갈등 하나도
어쩔 수 없는.
짧기도 하고, 길기도 한 인생길…

마음 따로 몸 따로
이젠 생각도 제멋대로
내가 마음대로 할 수 있는 것이
무엇이 있으리

그립기도 하고 괴롭기도 하고
때론 아름답기도 했던
지난 옛 추억이 가슴에 가득한데

어젠 싸늘한 눈빛으로
험한 세상에서 상처받은 그를
내동댕이치고 등을 돌렸습니다.

늘 자유로워지길 소원하고

늘 구속당하길 소원하는 그를
외로움으로 표현하기엔
그가 너무 애처롭고

내 가슴속 깊이 사랑이란 이름으로
뿌리내려져 있음을 이제야 알겠습니다.

보이는 것이 전부가 아니듯
깊은 내 사랑을 그대는 모르리.
나를 쳐다보는 눈물 고인 그대의 눈빛이

이렇게 내 가슴에
나의 뇌리 속에
문신처럼 각인되어 있음을

그대여
사랑합니다.

애중의 그림자

그리움의 피멍울이 번질 때마다
문신처럼 새겨지는 당신의 체취

당신의 모습을 떠올리는 작은 기억 한 자락만으로도
난 온몸으로 오르가즘을 느끼고

침대 머리맡 덩그러니 놓여진 체취 없는
당신의 사진들을 만지작거리면
서럽도록 복받치는 외로움

어제의 기억만으로 만족할 수 없을 만큼
내일을 기약하기 싫은 만큼
난 오늘 지금…
당신의 사랑이
미치도록 그립습니다.

약속

앞뒤가 뒤틀린
거짓말 속에서
우리 둘은 갇혀서
위선을 떨고 있다

서로 다른 쪽을 바라보고
서로 다른 생각을 한다.

가엾은 인생들...
볼 것 다 보았는데
무엇이 더 있는가.

오직 내 마음 둘 곳은
하늘이라...

그리워 말자. 보고파 말자
다 싫다 하느님 붙잡지 말고

오면 오나보다 가면 가나보다
이 또한 지나가리라.

인연

만나고 헤어짐은
오직 인연법뿐이거늘.

스치는 인연들이
아니라면

생각지 말고 내던져 두라.
그리고
무관심속에 파묻어 두라.
세월의 오고감이라
어둠을 뚫고 한 줄기 햇살이
감은 눈꺼풀을 헤집고
고동치는 나의 심장을 애무한다.

결코 오지 않을 것 같은 내일이 오늘이 되어
젖은 솜처럼 무거운 내 육체를 살포시 끌어안으며
속삭인다.

그저 묵묵히 고요히 한 곳만 바라보며 가는 거야.
바위 같은 믿음 하나로

흐르는 물처럼 스치는 바람처럼
지나는 세월의 오고감을 두려움 없이
지켜보면 되는 거야.

사람이 사람을 피해 숲속으로
산속으로 숨는다고 피해지던가.

몸은 섞여 있으되 내가 그들을 감싸
안으면 그만인 것을 깊게 고민하고
걱정하지 말자.

진정 올 것은 막아도 올 것이고
갈 것은 붙잡아도 갈 것인즉
내가 할 일은 요사스런 마음이란 놈을
다스리는 일이다.

그래 나를 애무하는 한 줌 햇살과
또 하루란 오늘이란 친구가 찾아왔으니…
가슴 열어 환영해 포옹을 하자
사랑하는 열린 마음으로

어떤 것을 비우며 살 꺼나.
무엇을 버리며 갈 수 있을까나

어제는 벌써 지나가 버렸고
내일은 오려나 걱정스럽고
그저 그냥…그렇게

오늘만 최선을 다해
살아보는 거다
혹시나가 역시나가 되더라도
희망이란 놈을
오늘 하루만이라도
믿어보는 거야.

어버이 날

어버이 날이라…
새삼 부모의 사랑과 희생을
기억하라는 날일까

세상 어느 부모가
자식을 사랑하지 않을까
세상 어느 부모가 자식 위해
희생하지 않을까

내가 신의 제자이기 때문에
가슴 아팠을 우리 부모님

내가 무속인이었기에
피하고 싶었을 내 아들

오늘 난 24년 동안 한 번도
생각지 않으려고 발버둥 쳤던
생각들로 가슴이 먹먹하다.

열 달 가슴에 품어 배 아파 낳은

내 아들…

신의 제자로서 가슴으로 낳은
5명의 수양아들들…

기도밖에 해줄 수 없는 내 마음을
그네들은 알까

낳은 지 일주일 된, 젖도 물려보지 못하고
업어도 주지 못한 내 아들.

난 만인의 엄마여야만 한다고
냉정히 말했던 그 말이 얼마나 상처가 되었을까.

가만히 눈을 감아본다
24년 전 내가 내 부모에게 했던 모진 말.

엄마
난 이제 엄마의 딸이 아니어요.
세상에 많은 아들딸들의 엄마이고 자식입니다

나를 낳아준 내 엄마에게
내가 낳은 내 아들에게
대못을 박고 돌아서는
나는 신의 몸주인 신녀입니다

모든 부모와 자식 간의 아킬레스건,
꼭 이렇게 어버이 날이라는 걸
만들어서
또 하나의 대못을 박아야 하나,
서글픈 하루다.

기다림

어제를 보내고 오늘을 맞이했다
행복이란 손님을 가슴에 끌어안고
기쁜 마음으로 마주 앉았다

헤즐럿 향기를 풍기는 한 잔의 커피와 두 조각의 빵
하얀 백지 같은 텅 빈 나의 빈 방에
행복한 미소가 가득하다

세상이 변하길 바라지 말자
내가 변해야 세상이 변하는 것을…

사랑하는 사람이 변하길 바라지 말자.
그 사람을 사랑하는 내 마음이 변해야 하리라.

사랑한다는 것은
그냥 이유 없이 어느 날 갑자기
그 사람이 눈물 나게 그립고 보고 싶은 것이다.

아픈 사랑도 있지만
때론 사랑하기에 행복함도 있으리.

50 세월의 흔적

여운

그리움 하나가
아홉 개의 높은 미움의 봉우리에 밀려
저 멀리 깊고 너른 바다로 떠밀려 갑니다

매달려도 보았고 붙잡아도 보았고
투정도 부려 보았고
죽겠다고 으름장도 놓아 보았습니다.

사랑이란
변하고 움직이는 것이라 했던가요.

사랑이란
어차피 아프고 괴롭고
또다른 사랑이 아니면 치유될 수 없는
요망한 것이기에 믿지 말라 했던가요.

엉클어진 내 머릿속에 뚜렷하고 확실하게
나를 깨우는 그리움 하나
온몸이 피투성이가 되어도
얼음장 같은 당신의 몸에

내 몸이 얼어붙어 버려도

그래도
그리움 하나 믿고
당신을 불러 보았습니다.
애증도 사랑이요
미움도 사랑인 것을

마음의 고통

그리움 하나가
아홉 개의 미움을 떨쳐 버리지 못하고
먼 길을 떠나고 맙니다.
산산이 부서져
검푸른 바다와 한 몸이 되길
간절히 원하며

그놈의 사랑 때문에 그리움 때문에
눈물로 범벅된 내 초라한 모습을
다시는 보이지 않으렵니다.

잘 가라
그리움이여.
다시는 내게 오지 말기를…

연정

추억의 당신이란 섬을 떠나
난..
거친 파도에 휩쓸려 있는 대로 찢겨진
육체를 안고 아무것도 담을 수 없는
빈 가슴에 빗장을 걸고

그리움에 목말라
기다림 끝의 만남을 위해
너무 멀리 와 버렸나 봅니다.

지금..
당신과 마주하고 있는 난
당신의 여자가 될 수 없는

만인의 등불이 되고
만인의 보름달이 될 수밖에 없는
신의 제자로 서있을 뿐입니다.

너무나 긴 여정은
그저 이렇게

세월의 흔적만을
남겼을 뿐입니다

사랑하는 당신을 위해
기도합니다.

그저
멀리도 아니고
가까이도 아닌 곳에서
지켜 봐 주시길.,.
영원이란 단어처럼
인생을 변함없이 살 수는 없으리라.

어제가 가면 오늘이 오고
오늘이 가면 내일이란 놈이 온다.

영원함은 없지만 반드시
올 것은 오고 갈 것은 간다.

오늘
지금 이 시간이
가장 소중하고 행복함을 느끼며
가진 것에 행복하면
그것으로 족하리라.

옛 추억

십수 년 전
내 인생을 다 태워버린
사랑을 했었습니다.
미치도록 사랑했고
그러기에 내 모든 것을 바쳤습니다.

그런 열정적인 사랑이 있었기에
어떤 어려움도 고통도 인내할 수 있었지요.
내 모든 것을 바쳐 사랑했고
그 시절 그 사랑이 있었기에
사업도 열정적으로 최선을 다 했었습니다.
그래서 재벌은 아니지만
많은 것을 누리며 살았습니다.

후회보다 그리운 그 사랑…
이렇게 억수같이 비가 쏟아질 때면
그때 그 시절이 그립습니다.
그 사람이 그리운 것이 아니라
그때 그 내 예쁘고 아름다웠던 모습이
그립습니다.

희망도 목표도
살아야 할 의무도 느끼지 못하고
흘러온 지금의 현실에서
다시 한 번 그런 사랑이
내게 찾아온다면.

아니오.
다시는 그런 사랑 찾아오지 않을 겁니다.
난 너무 많이 변했고
인간이길 포기해야 할 신의 제자이니까.

가끔씩 아주 가끔씩
좁은 베란다에서 막걸리를
혼자 마실 때가 있습니다.
물론 억수같은 비가 쏟아질 때지요.

그때 그 정열이
지금도 내게 남아 있을까?
아니요
그냥
추억일 뿐입니다.

오고감을 두려워 마라

모든 것은 오고간다.
올 때가 되면 오고
갈 때가 되면 간다.
그것이 진리의 모습이다.

그러니 진리를 깨닫기 위해
수행자가 할 수 있는 일은
올 때는 오도록
갈 때는 가도록
그대로 놔두고
다만 지켜보기만 하는 것이다.

모든 온 것들은
그리 오래 머물지 않는다.
잠시 왔다가
잠시 머물러
가야 할 때 갈 것이다.

생각도 잠시 왔다가 가고
인생도 잠시 왔다가 가고

명예도....
권력도....
지위도....

사랑도....
행복도....
성공도....
실패도....
나라는 존재 또한
그렇게 잠시 왔다가 갈 것이다.

오고감을 거부하지 말고 받아들이라.
그저 내 존재 위를 스쳐
오고 가도록
그저 내버려 두라

행복이 온다고
잡으려 애쓰지 말고
행복이 간다고
붙잡으려 애쓰지 말라

불행이 온다고
괴로워할 것도 없고
불행이 간다고
즐거워할 것도 없다.

다만 그 모든 것이
올 때는 오도록 두고

갈 때는 가도록 두라.
그리고.
지켜보라...

어떻게 왔다가 어떻게 가는지..
어떻게 와서 존재를 스치는지
스치면서 어떤 찌꺼기와.
흔적을 남기는지...
그리고
갈 때는 무엇을 남기고 가는지.…

진중함과 고요한 알아차림으로
지켜보기만 하라...

그것이.…
공부요, 수행의 전부다
더 이상할 것이 없다

오고감을 두려워 말고
다만…
지켜보라.…

그대는 모르리

오늘이 오면 어제가 그립고 후회스럽다.
돌아보면 늘 부족함 투성인데
서운타 할 일이 무엇이 있으리...
어차피 인생은 외로움인 것을...

누구에게 물어본들 답은 이미 내가
알고 있는 터, 묻지 말고 갈 일이다.

달라고 떼쓰지 말고
지금 있는 것에 감사하며
욕심을 내려놓고 빈 마음으로
그저 주어진 오늘에
최선을 다 할 일이다

빗장 건 마음의 문을 열어놓으면
받아들이지 못할 것이 무엇이 있는가.

바보라서 바보 노릇한 것 아니고
몰라서 모른다 하는 게 아닐진대.

정말 내가 져서 졌다고 하는 것 아니듯이…

세상에 승패가 무슨 소용이랴
내 안의 수많은 나와의 전쟁도
아직 끝나지 않았다.

후회

주제도 모르면서...
자신의 처지도 모르면서...
남의 일에 코 빠뜨리고 있는 못난 제 자신이...
참으로 싫습니다.

내 코가 석 잔데...
아무런 준비도, 노력도 하지 않고,,,
팔자 좋은 척...
기분 좋은 척...희희낙락하는 내 자신이
거울로 비춰집니다.

중년을 넘고 있는 나이에
눈은 침침하고 노환이라나 뭐라나...
돋보기가 없으면 글자도 보이지 않는 내 처지에
아무런 대책 없이
째깍거리는 시계 초침 소리에 나의 호흡을
맞추고 있을 뿐입니다...

얼마나 한심합니까.
아무것도 할 수 없다는 무능력함이

나를 자꾸 무기력증에
빠뜨립니다.

너무도 열심히 인생을 살아 왔는데...
자는 시간도 아까워 새우잠을 자면서
열심히 내 자신의 일에 미쳐서
살던 지나간 때도 있었는데...

지금의 난,,,
너무 무능력합니다.
인내심도..
자제력도...
책임감도..
모두 잃어버렸습니다.

그런데
무슨 이유로..
친구 일에 그냥.
입으로만
걱정하는 척하고 있는 것인지...
오지랖 넓은 내 자신이
탈이겠지요.

올 인연은 막아도 오고
갈 인연은 붙잡아도 간다.

때가 되면 오고
때가 되면 갈 인연에
휘둘리지 말지니
그저 고요하게 기도하며
지켜보리라.

두 마음에 올곧은 정신줄 빼앗기지 말고
흐르는 물처럼 마음을 고요히 가져

세상 것 모든 걸 내어주어도
하늘 향해 목놓아 우는 일 없도록 하자.

나는 신의 몸주이다.
내가 혼자가 아님을
내 신령님들이 고요히
내게 눈길을 보내신다.

간절함의 기도

올해의 여름은 내가 좋아하는 비만
바라보며 지내온 것 같다

여린 나무들도 비바람에 꺾이지 않으려고
뿌리에 힘을 주고 발버둥치고

포악한 바람소리에도 아랑곳없이
살기 위해 얼마나 애를 쓰며 빌고 있을까

지신이시여
내가 부러지면
나를 의지하며 버티고 있는
잔가지들과 여린 잎들은
어찌하오리까.
지켜 주소서.

독백(1)

사랑은
미움의 시작이라는데
난 사랑하지 말아야지
난 그를 미워하지 않으니까.

미움은 사랑의 시작이라는데
난 미워하지 말아야지
난 그를 사랑하지 않으니까.

사랑과 미움의 엇갈림 속에서
난 그의 등을 떠밀었고
떠밀린 그는 내 사랑 끄트머리에 서서
그저 웃음 한 자락 흘릴 뿐.

그렁 그렁, 눈물 고인 내 두 눈엔
그가 바람처럼 흔들리며
낙엽처럼 떨어지고
텅빈 내 가슴속엔
외로운 조각배가
노를 젓는다.

독백(2)

인간은 망각의 동물이라 했던가
세월이 가면 잊혀지리라 생각했는데

시간이 흐르면 흐를수록
가슴속 명치끝을 찌르는 아픈 추억들.

잊으려 애쓰면 애쓸수록 그림자처럼,
내 곁을 떠나지 않는 지나간 과거들이
시간의 벼랑 끝에 선 나의 등 떠민다.
나
차라리
과거의 추억들 속에서
파묻혀 살리라.

외로운 고독을 즐기면서
어차피 인생은 외로운
나그네인 것을…
그 누구도 기다리지 않으리.
추억의 끝에 서서
잊혀지지 않는 옛사랑을
기억하며 살아가리라.

동이 트는 새벽

동이 트는 새벽녘
침대에서 눈을 뜨니
창밖의 어둠이 서서히
밀려나고 있다.

바다와 하늘이 맞닿는 곳에서부터
빛은 서서히 모습을 드러내고 있다.

바다가 하늘을 품고
하늘이 바다를 품어
경계 없는 합을 이루어내듯

부족한 이 제자
하늘을 닮은 제자가 되게 하시고
바다를 닮은 제자가 되게 하소서.

이 광대한 자연 앞에
무슨 말이 필요하리
그저
가슴으로 느끼며 기도로 승화시키리.

또 하나의 깨달음

살다 보면
이런 일 저런 일에
마음이 다치는 일이 많습디다.

모든 것이
내 탓이려니 마음을 비워봅니다.

내가 그 사람을
잘못 판단해서 받은 상처 또한 내 탓이요.

내 마음과 같으리라 생각하고
지금까지 흘러온 것이
그 사람은 위선이었다는 것을
발견한 지금
그것도 나와 같으리라 착각한
내 탓이리라.

나도 그를 이만큼 이해했으니
그도 나를 이만큼은 이해해 주리라.
생각하고 예의 없이 행동했던

나의 행동들이 지나고 난 후 그가 내 가슴에
칼날 하나 꽂아 놓고도 아파하는 나를 외면하며
비웃음을 던지는
그 모습을 보아야 하는 것도
내 탓입니다.

깊은 마음의 정을 담고 싶어서
나의 아픔보다 그의 아픔을 먼저
생각하면서 안타까워했던
내가 먼저가 아니라
상대방이 먼저라 생각하고 대했던
나를 어리석다 칭하는
그를 올바로 보지 못한 것도
내 탓입니다.

사람이란
서로 의지해야 살 수 있다는
그래서 혼자 살 수 없는 인간의 삶 속에서
자신이 최고인양
남을 무시하며 강자한테 약하고 약자한테 강한
자신을 속여 가며 살아온 그를 알지 못함도
내 탓입니다.

미움 하나

그리움 한 잔에
외로움 한 스푼.
서글픈 마음을 섞어
공허한 가슴으로
마셔버렸다.

애간장 녹이며 참아냈던
미운 사랑 하나를

새까만 잿더미로 만들어 버린 채
빈 가슴 속으로 스러져 갔다

내 마음의 서러움

미워라 하지 마소
등 돌려 간다한들 서러운 마음 잊혀질까.

길도 멀고 마음도 멀고
이미 몸은 멀어졌으니

닫혀진 내 마음이 발버둥친다 해도
무엇이 달라지리오.
서럽다 하지 마소. 빈 가슴 스러 안고
등 돌려 외면한 떠돌이 사랑에
목말라 섧디섧은 내 맘만 하리까.

나 좋아라 하지 마소.
모래성 같은 내 마음 가슴에 칼 꽂아
피 흘린 고통에 허우적댈까 두렵소.

어허라 사랑아
내겐 제발 다가오지 말아라.

눈멀고 귀멀어 벙어리 냉가슴 앓은 지
오래 되었으니…

사랑아
그저 바람처럼 스치듯 지나가려무나.
갈대 같은 내 마음 부러질까 두려우니…

비원

가려면 가려무나.
문풍지 우는 밤

소리 없이 내리는
빗소리를 벗 삼아

내 님 계신 그곳 향해
촛불 하나 밝히고
가슴 여며 기도하리니.

내 어찌 그대만 탓하리오.
가사장삼에 고깔 쓰고
오이씨 흰 버선에
사바세계 즈려밟고
나도 그대를 등졌으니

생인손 앓던 만큼
그리던 가슴앓이

초여름 빗소리에

말끔하게 씻으리다.

내가 그대를 보내고
그대가 나를 보냈으니
가려무나, 가려무나.

기다림

올 것은 막아도 오고
갈 것은 붙잡아도 간다.

때가 되면 오고
때가 되면 가리라

오고감에 휘둘리지 말지니
그저 기도하며 고요하게
지켜보리라.

두 마음에 올곧은 정신을 빼앗기지 말고
흐르는 물처럼 마음을 고요히 갖자.

세상 것에 내 모든 것을 내어주고
하늘 향해 목 놓아 우는 일 없도록 하자.

나는 무당이다
내가 혼자가 아님을
오늘도 만월당 어르신들이 알고
고요히 내게 눈길을 보내신다.

비 애

당신을 사랑하기에
당신을 보내드릴 수 있고

당신을 진정으로 사랑했기에
내 가슴속 깊이 가두어 둔
당신을 자유롭게
지금도
내 마음 당신께
달려가지만

이런 날 집착이라 나무랄까 봐
깊은 밤 그리움에 뒤척이면서도

창가에 드리워진
시리도록 아픈 달빛에 걸린
당신의 그 기억 희미한
모습에   매달려
잠을 청하기도 합니다.

당신을

78 세월의 흔적

내 모든 것을 바쳐
사랑했기에

당신의 긴 그림자에 파묻혀
외롭게 세상을 등진다 해도
결코 당신을 미워하지 않으렵니다.

나
외로움에 지쳐
당신 생각에 잠 못 이루어도

진실로 당신을 사랑했기에
행복한 삶을 이루기를
진실로 기도할 수 있습니다.

사랑하는 나의 사랑아
부디
내 몫까지 부디
행복하소서.

빈 나루터의 작은 조각배

나는 빈 나루터의 작은 조각배
언제 어느 때 어느 누구를 끊임없이
기다리는 빈 나루터의 작은 조각배

힘들고 지친 인생의 삶의 무게를 잔뜩
짊어지고 빈 나루터의 작은 조각배를
찾아 쓰러지듯 다가오는 나그네 하나,

사뿐히 스러안고 내 작은 조각배에 누이고
끝없는 바다로 향해 떠납니다.

보라 나그네여
끝없이 펼쳐지는 푸르른 바다를
그대 어깨에 짊어진 삶의 무게에
짓눌린 나그네여
시리도록 푸르른 바다 한군데에
던져 버리시게.

그대가 그렇게 힘겨워했던
그 삶의 무게라는 것은

바다의 한낮 물거품에 지나지 않거늘

비우고 버리면서
그리고 또 무언가를 채워가면서
그리 사는 것이 인생이라네.

나는 빈 나루터의 작은 조각배
삶에 지친 나그네들에게
무거운 인생의 짐을 내려놓고
가벼운 행복의 인생 보따리 하나
내어주며 긴 여행길을 떠나보내는
나는 빈 나루터의 작은 조각배.

산다는 것이
기나긴 고통의 바다인 것을
하늘로 머리 둔 중생들이여
욕심과 탐욕으로 생각은 많고
마음은 복잡하고

머리는 세상 끝에 있으나
뜨거운 가슴이 없는 자들이여

빈 나루터의 작은 조각배가 되어
늘 누군가를 기다리는 그리움은
삶의 희망이요
또 하나의 목표인 것을.

비 애(2)

당신을 사랑하기에
당신을 보내드릴 수 있고

당신을 진정으로 사랑했기에
내 가슴속 깊이 가두어 둔
당신을 자유롭게…
지금도
내 마음 당신께
달려가지만

이런 날 집착이라 나무랄까 봐
깊은 밤 그리움에 뒤척이면서도

창가에 드리워진
시리도록 아픈 달빛에 걸린
당신의 그 기억 희미한
모습에 매달려
잠을 청하기도 합니다.

당신을

내 모든 것을 바쳐
사랑했기에

당신의 긴 그림자에 파묻혀
외롭게 세상을 등진다 해도
결코 당신을 미워하지 않으렵니다.

나
외로움에 지쳐
당신 생각에 잠 못 이루어도

진실로 당신을 사랑했기에
행복한 삶을 이루기를
진실로 기도할 수 있습니다.

사랑하는 나의 사랑아
부디
내 몫까지 부디
행복하소서.

차 한 잔의 여유

여름을 재촉하는 싱그러움이
앙상한 가지에 꽃을 피운
봄날을 서서히 쫓아내고 있다.

이름 모를 새들의 지저귐에 눈을 뜨고
바다내음에 섞여 불어오는 산바람을
맞으며 헤즐럿과 블루마운틴을 섞은
커피를 마신다.

초로의 나이의 인생에 정류장에 서서
뒤돌아보니 후회도 아쉬움도 없었다.

순간을 영원이라 붙들고 애원했던
나의 집착으로 인한 마음의 고통뿐이었다.

영원이란 단어처럼 인생을 변함없이
살 수는 없으리라.

어제가 가면 오늘이 오고
오늘이 가면 내일이 온다.

영원함은 없지만 반드시
올 것은 오고 갈 것은 간다.

오늘 지금 이 시간이 가장 소중하고
행복함을 느끼면
내가 지금 가진 것에 행복하면
그것으로 족하리라.

86 세월의 흔적

제2부
뚝배기 사랑과 양은냄비 사랑

88 세월의 흔적

나의 사람아

그윽한 커피 향 속에
당신의 사랑 향을
담아봅니다.

조금씩 한 모금씩
커피를 마실 때마다
내 가슴에 쌓이는
당신의 사랑...

내 가슴이 당신의 사랑을
기억하고 그리움에 외로움에
애증으로 닫혔던 내 마음의 문이
그대 향해 열렸으니...

어찌하리까.
되돌아갈 수 없는
초로의 인생길에 만난 당신…

난...
사랑하는 마음밖엔
줄 것이 없습니다.

나의 사랑법

내 사랑법은 내 모든 것을 다 주는 것이다.
내 사랑법은 내가 지쳐 쓰러져
혼절해 죽는다 해도
그대를 위해 내 모든 걸 주는 것이
내 사랑법이다

그대보다 내가 더 아파할 걸 알면서도
유치하고 유치해서 유치의 극에 달할 만큼
단순하고 원초적인 사랑을 하는 것이
내 사랑법이다.

어느 유행가 가사처럼
사랑하는 그 순간만은 모든 인간들이
진실이었다고 간절하게 말한다.

그래
열 명을 사랑해도
그 순간만은 사랑이었으리.

아픈 사랑

사랑은
아픔, 고통 투성이다.
외롭고 고독하다.
그래서 사랑은 아프다.

아픈 사랑은 하지 말자.
그냥 제자답게
만인의 연인으로 살아가자
당신을 사랑합니다.

나를 사랑하기 위해 당신을 사랑합니다.
숨겨둔 그리움이 울컥거리며
외로움의 늪을 지날 때마다
한 줌씩 생겨나는 애증의 잔해들…

당신을 미움의 섬으로 떠밀지 않기 위해
난 당신을 사랑해야만 합니다.

짧은 만남과 짧은 행복 속에 우리가
지나쳐야만 하는

어둠의 터널들은 악마의 무게로
내 가슴으로부터 짓눌려 옵니다.

내가 아파하지 않으려면 당신을
사랑해야만 합니다.
아파서 아픈 것이 아니라
당신을 온전히   사랑하지 못함이
큰 아픔입니다.

억울한 소리를 들어도 억지를 부려도
수많은 내 안의 나와 싸워 이기려면
당신을 사랑해야만 합니다.

의무와 책임이 따르다보면 어느새
순백색의 사랑이 찾아오겠지.

지금은 애증의 그림자로 에워싸여 있는
답장 없는 마음의 감옥 속에서
당신을 사랑하지만

하늘과 바다를 닮은 드넓은 사랑을
기대하며
난 당신을 사랑해야만 합니다.
더 이상 상처받을 일이 무엇이
있으리오.
남의 말 삼일이고

구설은 구설로 끝날 일이거늘

지천명이 훨씬 지난 이 나이에
눈 감고 귀 막고
그저 침묵으로 그러려니….

세상사 희비애락 속에
얼그렁 덜그렁
얽힌 매듭 푸는 재미에 사는 게지.

인연도 오고가고
오해가 생겼다면 풀 날도 오겠지

그저
오는 세월 막을 수 없으니
흐르는 물처럼 세월 따라
흘러가리라.

돌아선 사랑

그리움이 핏빛으로 물들어 피어오르면
노을빛이 어느새 내 가슴속으로
스며듭니다.

둘이었던 그림자가
짝 잃어 하나가 되던 날
나는…
바람이 되어 여백으로 남겨진 빈 가슴에
흩어져 내려앉았습니다.

그대는 아는가.
잊으려 애쓰면 애를 쓸수록
병들어 시들은
핏빛 장미꽃의 전설을…

두렵지 않은 사랑

그저
가만히 옆에 있어 주기만 할 겁니다.
뒤돌아볼 때
난 늘 그곳에 있어드릴 겁니다.

사랑이 별겁니까.
희생하고 인내하고 배려하면 되는 것을

그저
가만히 조용한 미소로 당신의 따스한
손 잡아주며 토닥여 주는 것이
내가 당신을 사랑하는 방법입니다.

그저
있는 듯 없는 듯
늘..
당신을 지켜봅니다.

또 다른 나의 고백

내 속엔 나 아닌 내가
살고 있습니다.

사랑은 집착이 아닌 것을
찢겨진 상처를 애써 감추며

등을 보이는 그의 긴 그림자를
부둥켜 안아봅니다.

마음이 떠난 그대의 빈 육체에
차가움이 가슴 시리도록
전해져 옵니다.

잊어야 하는 아쉬움보다
혼자여야 하는 두려움에
나 아닌 내가 그대의 빈 육체를
끌어안고 있습니다.

하루에도 수백 번
아니 수천 번 변하는

내 마음속엔 내가 아닌
수많은 내가 정신병자처럼
그대의 빈 육체 안을 오락가락 합니다.

미련의 끈을 놓아버리자니
지나온 애증의 그림자가
나를 붙잡고

미움의 정으로 그대를 붙잡자니
추억의 그림자에 짓밟힌
또 하나의 내가 피를 토합니다.

내게 깊고 깊은 사랑을
가르쳐 준 그대여''’

부디 영혼을 잃은
빈 육체로 내게 오지 마소서.

차라리
세상을 등질 용기를 주시길
나 아닌 내가 간절히 원함을
사랑하는 그대는
아실는지요.

다짐

사랑이 너무 아파 이별을 선택했고
이별이 외로워 그리움을 버렸습니다.

채워지지 않는 밑 빠진 마음속에
꺼지지 않는 촛불 하나 밝혀 놓고

나를 포기할수록 품에 안아 달래주고
갈등 속에서 방황하면 침묵으로 잡아주던

긴 세월 한결같이 내 곁을 지켜주신
초록 같은 당신의 맑은 기운 담아서

낭떠러지에 놓여진 외나무 다릴지라도
되돌아갈 수없는 한 맺힌 설움이길

반석 같은 믿음으로 촛불처럼 희생하며
당신 손 부여잡고 묵언으로 따르리다.

천년화

내 마음의 천국이 당신 향해 있음은
내 혼을 담아 당신을 사랑함이요.

내 목숨 같은 당신을 해바라기하는 것은
내가 당신의 그림자이기 때문입니다

그리움도 사랑이요
기다림도 사랑이요
그토록 긴 외로움도 사랑이었다면

지금 이 시간
나를 향한 사랑 가득한
당신의 눈빛이
내 빈 가슴에 빼곡하게 들어차

그 긴 세월 아프도록
시린 내 사랑이
천년화로 피었습니다.

뚝배기 사랑과 양은냄비 사랑

처음엔
그 사람의 그 미소가 좋았습니다.

처음엔
그 사람의 그 무조건적인
바라봄이 믿음직했습니다.
무슨 말을 해도
그 어떤 투정을 부려도
그저 허허 웃음으로
바라보는 그의 모습이
정말 좋았습니다.

그대는 좋은 사람입니다
맘을 크게 가지세요.
인간의 여린 맘으로
세상을 보지 말라며
나를 바라보는 그가 두렵기도 합니다.

그 사람 앞에 서면
늘 나는 작아집니다.

그 사람의 큰맘을 볼 때마다
새가슴처럼 작은 내 맘이 보여
죄스럽기까지 합니다.

뜨겁지도 차갑지도 않은
난 처음도 끝도 여기까지요.
그렇게 늘 웃음 한 자락 흘리는
그의 사랑은

아마도 진한 황토색 뚝배기
사랑이 아닌가 합니다.

처음엔
넋두리였는데
그냥
사람 냄새가 맡고 싶어
그 사람을 찾아가 투정 한 마디 한 것뿐이었는데

아무것도 그에게 해줄 것이 없는 내 마음이
자꾸 숯가마처럼 타들어갑니다.
아직도 열정이 남아있나 봅니다.
소싯적
불 타던 사랑.
난 양은냄비 같은 사랑을 하고 있습니다.

미친 사랑

그리움의 피멍울이 번질 때마다
문신처럼 새겨지는 당신의 체취.

당신의 모습을 떠올리는
작은 기억 한 자락만으로도
난 온몸으로 오르가슴을 느끼고

침대머리맡, 덩그러니 놓여진
체취 없는 당신의 사진을
손끝으로 만지작거리는
서럽도록 복받치는 외로움…

어제의 기억만으로 만족할 수 없을 만큼
내일을 기약하기 싫을 만큼
난… 오늘, 지금 당신의 사랑이
미치도록 그립습니다.

사랑(1)

사랑이라는 것…
듣기만 해도 설레고 가슴이 뛰는 것은
아직도 사랑할 수 있는 맘이 있는 것 같아
행복함을 느낍니다.

힘들어하는 친구를 보면
가만히 어깨를 감싸 안아 주며 여윈 손을
잡아줄 수 있는 것도 사랑이요.

세상의 고민을 혼자다 쓸어안고
삶의 어둔 그림자를 찾는 철없는 어떤 이를 보면
그냥' 가만히 어머니 같은 너른 마음으로
가슴에 꼬옥 안아주고픈 것도 사랑이요.

울며 매달릴 때 같이 울며 기도해 주던
많은 날들 속에서 맘에 평화를 찾고
난 기도 하리라 약속만 했던 그 어떤 이가
다시 어둠속을 헤매다 울며 찾아왔을 때
말없이 그의 등을 쓸어안아 주는 것도 사랑일진대.
사랑이라는 것…

나의 희생 없으면 아무것도 소용이 없으며
내가 불편해도 힘들어도 아파도
그를 위해 나를 희생하는 것이 사랑이더이다.

지금 이 시간
내 앞에 있는 그 누군가에게 충실하며
사랑하며 그 사랑 속에서 행복을 느끼는
나의 생이 되길 간절히 소망합니다.

사랑(2)

식어가는 찻잔을 앞에 두고
뼛속깊이 스며드는
외로움과 마주 앉았습니다.

사랑이라 하기엔 아직 이른
좋아한다 하기엔 너무 깊은 내 마음이

이제 홀로서야 하는 내 앞에
커다란 나무가 되어 자꾸만 다가오는 당신을
난 밀쳐낼 수가 없음을 고백합니다.

내 입술은 당신께 이야기합니다.
부담 갖지 마세요.
당신은 언제든지 떠나보낼 수 있으니까요.

내 마음은 당신께 이야기합니다.
영원히 내 곁에 커다란 나무가 되어 있어 주세요.
늘 그 자리에
당신이 있다는 믿음 하나로 살 수 있게
머물러 주세요라고.

사랑 비

열린 창문틀 사이로
새벽비가 나를 흔들어 깨운다.

늘 내 마음은 두 갈래 길에서
서성이며 중심 없이 흔들리고 있다.

내 마음은
주인 없는 빈집에 떠돌이 방랑객들로
들어차 회오리바람으로 남아 쓰리고 아프다.

열린 내 마음의 문틈 사이로
그리움도 멀리 사라져 가고

빈 가슴에
처량한 새벽비가 비집고 들어와
하염없이 내 마음을 적시고 있다.

어쩌란 말이냐
내가, 내가 아닌 것을

사랑의 끝자락

사랑은 이별을 모른다
이별도 사랑을 모른다.
그래서 만남은 아프고
헤어짐은 외롭다.

치적거리는 빗소리가
북적대는 내 마음을 휘저어 놓으며
얄미운 뺑덕어미 노릇을 한다.

흔들대는 갈대도 아니면서
시계추마냥 흔들리는
속좁은 사내아이처럼
그렇게 답답하게
비는 내리고

나는
그 줏대 없는 사내아이 머리를
쥐어박고 싶다

사랑의 목마름

가슴이 시리도록
보고픔이 밀려오면

나 그 옛날엔 그대를 떠올렸습니다.
가을 귀뚜라미 소리마저
숨죽이는 애절한 가을밤에
허공을 울리는
만월당 자시의 종소리

사랑이 그리워 목메던 그 옛날
외로움에 지쳐 울며 지새던 그 옛날.

그렇게 애타게 불러도 메아리마저
애달펐던 그 옛날.

난 그대만을 목 메이게 기다렸습니다.
그대들의 한을
한 올 한 올 엮어 화산처럼 뜨겁게
타오르는 신령님들의 사랑으로
이 가을에 결실을 맺게 하소서.

사랑....
난 아직도 사랑이란 단어를 생각만 해도 맘이 설렌다.
손만 잡아도 가슴이 콩닥콩닥 뛰는 그런 사랑이 생각난다.
사랑한다면 못할 것이 없을 것 같다

지금도 마찬가지다
누군가가 나를 여자로만 봐 준다면 ㅎㅎ
정말 농담이 아니다.

난 정말 사랑에 목숨 걸며 살아왔던 것 같다.
누군가가 나를 사랑한다면 무엇이든 다 주고 싶어진다.
그가 누구던 그가 사기꾼이던 살인자이던 나를 이용해 먹으러 왔던…

그 순간은 행복하다.
그 누군가를 사랑하고있음은 모든 배려심이 생기고 이해심이 생기고
그 순간만은 살아가는 이유가 반드시 생긴다.

남녀 간의 이성적인 사랑도 그렇고
후배와의 사랑도 그렇고
선배와의 사랑도 그렇고…

사랑이라면 난 무조건 좋고 가슴이 뛴다.

인생은 사랑을 찾아

남들은 나보고 헛똑똑이라 한다.
이제 실속 차리고 살라 한다.

대체 실속이란 무엇인가…
돈 많은 남자 만나서 잘 먹고 잘 사는 것??

돈이란 존재는 있으면 좋지만
인생에서 돈이 꼭 필요한 존재는 아니다.

오십 고개에 서있는 나에게 필요한 것은
그저 내 손 한 번 잡아주고
잘하고 있노라고
희망을 주고 살아가는 목표를 주는
가슴이 따스한 사람이면
내 목숨을 주어도 안 아까울 것 같다.

이 나이에 겪을 것 다 겪어 보았고
볼 것 다 보고 살았다.
소위 말하는 말 탄 놈, 소 탔던 년 다 보고 살았다.

정말 인생에서 필요한 것은
나를 이해해 주고 사랑을 줄 수 있는 동반자가 아닌가
한다

조물주께서 남녀를 왜 만드셨는지를 이제야 깨달은 것
같다.
특히.
여자란 동물은 남자의 사랑을 먹고 사는 동물이 아닌
가.
유교사상이 아직도 아니, 영원히 없어지지 않을 우리
나라에서
여자가 남자 위에 서기엔 역부족이다.

습관이란 것이 그리고 세습이란 것이 그만큼 무서운
것이다.
산부인과에서 딸이라면 더욱더 아쉽고 서럽게 우는 것
이 산모들이란다.
많이 달라졌다고들 한다.

하지만 실제로 그럴까…실생활에서 말이다
백 년 전과 백 년 후의 부부생활의 차이는 무엇일까?
문화생활의 수준의 변화일 뿐이다.

백 년 전엔 불 때서 밥해먹었는데 지금은 가스불로 밥
을 하니 여자들의
바깥세상에서의 활동이 많아진 것뿐, 결혼한 여자들의

고민거리는
더 늘어났다.

바깥생활 해야지, 살림해야지, 아이 키워야지.
무엇이 달라졌단 말인가

그래도 여자는 사랑 찾아 간다
결혼하지 말라 하면아가씨들은 펄쩍 뛴다
외로워서 못 산다고…

인생살이 자체가 모순 덩어리다

그리움이란 내 맘을 설레게 한다.
사랑을 하고 있다는 것이니까

그러나 그리움이 길어지면 외로움이 찾아온다.
그러면 그것은 외로운 사랑이 되어버린다.

그런 사랑은 싫다.
난 사랑 없이는 못살아갈 것 같다.

난 그래서 누구에게나
사랑한다는 말을 많이 한다.

정말 사랑하기 때문이다.
사랑한다는 말을 많이 한 날은 내 마음도 편하고

즐겁고 행복하고 정말 맘이 설레곤 한다.

신을 모시는 사람은 사랑을 하면 안 된다고
누가 말을 퍼뜨린 걸까?
그 사람은 사랑을 모르는 사람일 것이다 분명....

신도 인간이 존재하기 때문에 존재하는 것이다.
정말 세상은 모순투성인 것 같다.

또하나의 사랑

사랑...
이세상에 사랑이 없다면
어찌 살아갈수 있을까.

많은 사람들이 사랑하는 그 맘으로 산다면
고민도 고통도 없어질 텐데...

오늘..
비가 왔으면 좋겠다.
여름날의 장대비..오랜만에 그 비를 흠뻑 맞고

사랑했던 날보다
미워했던 날이 더 많았고
기뻐했던 날보다
아파하고 슬퍼했던 날이
더 많았습니다.

행복했던 날보다
절망 속에 있던 날들이 더 많았고

감사했던 날보다
원망했던 날이 더 많았습니다.

어리석은 영혼들이 끊임없이 이어지는
악연의 고리를 과감히 끊고
자유로운 영혼이 되게 하소서.
어둡고 무거운 인연들을 마감하고
밝고 가벼운 영혼이 되게 하소서.

치우침이 없는
맑고 밝은 하늘의 조화 속에
원대한 꿈과 이상을 품은
고귀한 영혼으로 다시 시작하게
하소서.

수절

산다는 것은…
기다리고, 만나고.. 헤어지고.. 또 기다리고...
수없이 반복된 이별연습을 하면서도 왜 오고감에 두려움이 생기는 것일까?
나이는 숫자에 불과하다는 어이없는 속임수에 늘 나를 위장해 보지만…
육체적인 반응을 비롯, 무엇이든지 섭하고 허전하다.
누가 무슨 말 한 마디만 해도 내 눈엔 벌써, 눈물이 고여 흘러내리고
서러움이 몰려온다.
아무것도 아닌 것에 집착을 하고 투정을 부리게 된다.
아무것도 부족한 것이 없는데 아무것도 잘못된 것이 없는데
괜히 불안해하고 외로워하고 서러워한다.
술 한 잔에 설움을 실어보아도 노래방에 가서 소리 높여 노래를 불러 봐도
내 마음은 여전히 서럽고 허전하다.
신령님들께서..
혼자 있는 것을 훈련시키시는 중이다.
그러나 나는 요리 뺀질, 조리 뺀질 빠져나갈 궁리만 한

다.

그러나 참 신의 조화란 인간이 따라갈 수 없는 그 무엇의 힘이 있다.

그렇게 울어대서 귀찮았던 나의 두 대의 핸드폰은 수면상태인지 오래 되었다

전화만 하면 뛰어오던 수양아들들… 한 놈도 연락이 안 된다.

술친구들... 이것들도 모두 잠수를 타 버렸다

그래도 여전히 굴복하지 않고 이리저리 핸드폰을 뒤지는 내 꼬락서니가

신령님들,.. 한심했나 보다.

한 사람이 내 레이더에 걸렸다

그런데 무지 바쁘다

천지 사방을 돌아다니며 일을 하는 일벌레다.

얼굴을 볼 수가 없다

전화도 수 차례 해야 겨우 한 번의 통화..

그것도 무뚝뚝한 한 마디…

일해야 돼....

그래.

네가 어디 오기 독기를 부려봐라.

너 지금 상대해줄 사람은 아무도 없는기라.

오로지 나만 바라보고

부처님 바라보고 공부해야 하느니…

죽으면 죽으리란 초심이 아니면..

정녕 이룰 수 없으리니…

뒷골목 조상 팔아먹는 무당 되고 싶나,

답도 들었다.
길도 안다.
방법도 안다.
그런데.
이 마음이란 놈이
좀처럼 신령님 말씀을 따라주질 않는다.
우짜면 좋노...
오늘도 부처님 앞에 108배를 올리며
간절히 소리쳤다
제발…
내 마음 좀 붙잡아 앉혀 주이소.....
(경상도가 고향도 아닌데 와 이라노.)
허전하다.....

머무를 계절

산모퉁이의 바람이
내 가슴에 내려앉는다.

짙은 가을 냄새가
허황한 마당 사이사이를
깊숙이 스며들며
겨울의 움직임을 두려워하고

바람의 힘에 겨운
고목의 벚꽃 잎도 무너지듯
마당 한가운데로 떨어져
갈 길 몰라 헤매고 있다

계절의 오고감을 온몸으로
절규하는 자연의 깊은 소리와 움직임들

나는...
내 작은 가슴에 스며드는
바람을 안고
머무를 계절을 몰라 헤매고 있다.

슬픈 사랑 하나

거울 같은 나의 사람아
내 반쪽의 영혼을 가슴에 담고 사는
나의 사람아

서로의 빈 가슴은
사랑과 배려와 이해로만채워질 진데
사랑을 갈구하니 집착으로 멀어지고

미움으로 돌아서려니 그리움과 외로움으로
그대의 소맷자락에 매달리게 되는구려.

끝없는 애증의 두 길목에서
우리는 서로의 손을 놓지 못한 채

반쪽으로 나누어진 영혼의 울부짖음만이
허공을 맴돕니다그려.

마음 다스리게 하소서.

외 사랑

불면 날아갈까
쥐면 부서질까
얇은 유리알 같은
아픈 사랑 하나가
내 가슴에 파고듭니다.

물가에 내놓은 어린 아이 같고
이곳저곳 자신만의 색깔로
세상을 칠해놓고는
그림을 그려댑니다.

세상이 쥐락펴락 안 된다고
억지를 부려도
세상을 지 욕심에 들었다 놓았다
지 맘대로 안 된다고 심통을 부려도

마냥 어린아이 같은 그에게
어젠 싸늘한 눈빛으로
험한 세상에서 상처받은 그를
내동댕이치고 등을 돌렸습니다.

늘 자유로워지길 소원하고
늘 구속당하길 소원하는 그를
외로움으로 표현하기엔

그가 너무 애처롭게
내 가슴속 깊이 사랑이란 이름으로
뿌리내려져 있음을
이제야 알겠습니다.

보이는 것이 전부가 아니듯
깊은 내 사랑을 그대는 모르리.

잊혀진 사랑

때론...
미치도록 보고파서
바람에 우는 갈대숲을
눈물로 달움질친 적도 있었습니다,

때론...
어둠을 뒤로 한 그리움에
촛불처럼 온몸을 사르며
하얗게 새운 밤도 많았습니다.

때론...
조각나 버린 내 마음이
부서진 달빛에
허공을 헤맨 적도 있었습니다.

너무도 목마른 나의 사랑은
보이지 않는 당신의 모습 때문에
자꾸만 자꾸만 잊혀져가고...

세월을 뒤로 한 내 모습도
잊혀진 사랑에 묻혀만 갑니다.

두려움

잊어야 한다는 마음으로
다시는 돌아보지 않겠다는 마음으로
법당의 신령님들께 정성스레
절을 합니다.

가슴이 아프고 마음이 아프면
늙어가는 육체가 누워
일어나질 못하니

그대 향한 내 열린 마음을
어찌 닫으리오.

할 일도 천지,요 갈 길도 바쁘건만

내 마음은 한 곳에 머물러
닫혀버린 생각이란 놈과
전쟁놀이만 하고 있습니다 그려.

하늘 사랑

가장 어두운
해뜨기 전 새벽녘
그윽한 커피 향 속에
당신의 향 내음을 담아봅니다.

커피향이 빈 내 가슴 속에
가득 차오르며 그리움과 외로움에
닫혔던 내 마음이
그대 향해 열렸으니

어찌하리까?
되돌아갈 수 없는 초로의 인생길에서
만난 당신.

그저 하늘 닿는 사랑으로
오늘도 당신을
내 마음 속에 담아봅니다.

천사랑

하늘과 바다
때로는
하늘은 내 안의 바다가 되고
바다는 내 안의 하늘이 된다.

높푸른 하늘같은 사람이 되고 싶고
드넓은 바다 같은 사람이 되고 싶다.

하늘처럼 사람을 품고 싶고
바다처럼 사람을 안고 싶다.

끝없이 펼쳐지는
내 안의 바다에서

사랑도, 미움도, 시기도, 질투도...
인간사 희노애락을 모두...
품어주고 안아주며

넓고 푸르게 살고 싶다...

황혼의 사랑

잡을 수 없듯이 세월이 흘러가듯
숫자에 불과하다던 나이조차
늙어가는 이 몸을 막지 못한
초로의 나이에

첫사랑처럼 설레는 당신을 만나
가슴 벅찬 사랑을 시작했습니다.

지는 석양이 눈부시게 아름답듯이
황혼에 만난 당신…

뽀얀 피부 별같이 초롱한 당신의 눈망울
내겐 18세 소녀 같은 당신의 모습이
밤하늘에 보름달처럼 떠오를 때면

당신 생각에 까만 밤을 하얗게 새우며
그리워했습니다.

진정…
사랑인가 봅니다.

130세월의 흔적

제 3 부
내 마음의 손님

내 마음속의 비

소롯한 빗소리에'
떨리던 꽃잎 하나가
소리 없이 스러진다.

덩그러니 혼자서
 마당을 지키고 있는
우리 집 평상 위로
지긋하게 비는 내리고

그 비를 바라보는
내 가슴 사이로
한 줄기 빗방울이 흘러내린다.

내 마음의 손님

내 마음의 손님을 모시고 왔습니다.
어제의 방황도 그 손님 맞이하는 것도 두렵고'
걱정되어 피하고 싶은 번뇌였습니다.

내 마음이란 놈은 원래
무작위로 시도 때도 없이
뜬금없는 손님을 모시고 와서 나를
황당하게 만듭니다.

자연스럽게 받아들여야지
손님이란 원래 왔다가 가는 존재 아니던가.

모든 것은 나의 수행을 돕기 위한 것이리라
피해본들 내 마음이요. 숨어본들
내 자신의 그 자체이거늘…..

당당히 맞이하고 당당히 보내리라.
부처님의 마음으로, 부처님의 눈으로, 부처님의 생각
으로
내 마음의 손님을 맞이하리라.

그리고
내 마음의 또 다른 손님을
모시고 오거들랑
그땐
부처님의 자비와 사랑으로
그 손님을 맞이하리라.

가는 손님은
그리움과 외로움과 허전함과
고통스런 번뇌와 걱정, 그리고 두려움

오는 손님은 평안과 행복이리니
그때
그 마음이 되면
연꽃향기 머금고 가도 되리라
그것이 수행이리니

내가 먼저 그립다 말하지 않으렵니다.
칼바람에 베인 가슴의 상처가
아직도 시리기 때문입니다.

내가 먼저 보고프다 말하지 않으렵니다.
이별의 끝자락에서 마주한
당신의 눈물방울의 의미를 난 알기 때문입니다.

바람 같은 사람아

썰물 같은 사람아.

잡으려 하면 손가락 사이로 빠져나가
빈 가슴만 애태우는 사람아,

코끝에 남아있는 당신의 체취만이
기억할 수 있게 하는 바람 닮은 사람아,

내 할머니가 이끄시는 만신의 길
감사하는 마음으로 기쁘게 가리라.
내 안의 나를 다스리게 하소서.
내 인생을 포기하고
신의 제자의 길을
가기로 맹세한 내가
가끔씩 화가 날 때가 있습니다.

내 안의 나를 이기지 못하고
울컥하는 마음에
나 혼자만의 공간에서
실컷 울고 싶을 때가 있습니다.

엉엉 소리 내어 울 수 없는 나는
오늘도 신당에 앉아 무릎 꿇고
내 안의 나를 다스리게
해달라고 기도합니다.

참을 수 없는 고통도 있고
가장 가까운 사람들한테서
받는 서러움과 실망감도 있지요

그래
신의 제자이기에 참아야 합니다.
나보다 더 힘든 사람들의 이야기를
들어 주고 공감하기 위해
끝없이 나라는 존재를 잊어야만 합니다.

엎어지고 넘어지고 쓰러져도
나의 고통보다 나의 괴로움보다
남을 생각하는 신의 제자가 되게 도우소서.

그러기 위해서
내 안의 나를 다슬릴 줄 아는
올바른 신의 제자가 되게 하소서

눈물

뜻 모를 눈물이 흐를 때가 있더이다.
가슴이 시려서 그리움에 아파서
복받친 내 설움에 흐르는 눈물이 아니올시다.

나의 전 삶의 그림자 뒤로
아득히 저 먼 곳에 나를 놓아두고
내 설움에 그대의 설움을 섞어
하이얀 장삼자락 휘감으며

내 가슴에 날아드신 신령님의
가이없는 사랑을 끌어안고

만중생 구제코자 만신이 되던 날
하염없이 흐르던 그때의 그 눈물

수많은 내 안의 나를
촛불처럼 사르며 사르며
순종하며 살리라던 맹세의 그 눈물
세상의 등불이 될 만신의 탄생을 기뻐하는
보석 같은 눈물이더이다.

다짐

사랑이 너무 아파 이별을 선택했고
이별이 외로워 그리움을 버렸습니다.

채워지지 않는 밑 빠진 마음속에
꺼지지 않는 촛불 하나 밝혀놓고

나를 보라 손짓하는 당신 모습 두려워서
참회하는 마음으로 엎드려 비옵니다.

외면하면 할수록 품에 안아 달래주고
갈등 속에 방황하면 침묵으로 잡아 주던

한결같이 내 곁을 지켜주신
초록 같으신 당신들의 맑은 기운 담아서

낭떠러지 놓여진 외나무 다릴지라도
되돌아갈 수 없는 한 맺힌 설움이길

반석 같은 믿음으로 촛불처럼 희생하며
당신 손 부여잡고 묵언으로 따르리라.

당신을 바라보며

당신을 바라보며
이 험하고 끝도 없는
고행의 길을 가기엔'
인간사 세상사에 '
한이 너무도 깊고 큽니다.

당신만을 바라보며
남의 삶의 등불이 되어주는
이 길을 가기엔
난 너무 이기적입니다.

설움에 설움을 얹어
긴 한숨자락 흘리며'
빼꼼히 들여다본 텅 빈 신당에선

눈같이 흰 치마저고리 단정히 여미고
앉아 하염없이 합장하고 나를 위해
기도하신 내 할머니의 모습이

사람의 육신을 가진
하늘의 명을 받아 뜻을 이루고

실천해야 하는 하늘의 영을 가진 자여.

사람으로 태어나 사람을 위해
나를 바치고 희생하는 것이
너의 탄생의 목적이니라고..

들리는 것도 많고
보이는 것도 많은데

한 많고 설움 많은 인간의 마음이
자꾸만 당신을 바라보고 가는 이 길이
뒷걸음질치게 합니다.

십자가를 지고 가야 할 이 길이
멍에를 지고 가야 할 이 길이
인간의 마음이 자꾸만 가로막습니다.

신당에 켜진 수많은 촛불들
꺼지지 않게 내가 지켜주어야 하는 많은 이들의 소원
들

사람냄새 그리워
그리움이 눈물 되고
보고픔이 설움되어
오늘도 난
당신을 바라보며

두 손 모아 합장합니다.

사랑합니다.

마 음

그리움이 바람처럼 스며들면서
외로움이란 도적놈이 자리를 잡았다.

내 마음속에 비집고 들어와
한켠에 집을 짓고 나를 아프게 한다.

죽자 살자 피 터지는 갈등과
전쟁 속에서 그래도
미워하지 말자.

외로움도 내 탓이 아니던가.

만남

당신을 생각하면
가슴속에 내려앉은
그리움의 멍울이
회색빛 고독에 드리워져
내 온몸으로 젖어듭니다.

당신을 바라보면
차가운 눈빛에
얼어붙은 내 마음이
물빛 서러움을 담고
새벽 찬이슬로 흘러내립니다.

왜
나를 선택하셨나요?
뒤돌아 당신 손을
잡으려 발버둥치면
당신은 한 발자국만큼
멀어져
웃음 한 자락 흘립니다.

나를 거울로 생각해
다가오지 마
그리고
사랑해

계절은 어느새
내 마음처럼 차디찬
겨울바람에
시린 마음을 꼭 여민 채
  마음의 문고리를 살며시
  잠구어 놓아버렸습니다.

이별

그리움 한 잔에
외로움 한 스푼
서글픈 마음을 섞어
공허한 가슴으로 마셔버렸다.

애간장 녹이며
타오르던 내 가슴 속에
작은 불씨 하나....

속울음 삼키며 참아냈던
미운 사랑 하나를...

새까만 잿더미로
만들어버린 채
빈 가슴 속으로 스러져 갔다.

망설임의 끝

그리움 하나가 비늘처럼
내 마음속에서 툭 하고 떨어진다.
주위가 내 텅 빈 가슴 속에 툭하고
떨어진다.
주워서 내 텅 빈 가슴속에
꽁꽁 숨겨놓을까? 잠시 또 다른 내가
망설임에 서성거린다.

그리움을 줘 다시 내 마음속에 담으면
외로움이 따라오지를 않고
내 것이 아닌 내 것에 욕심을 부려
또다시 난 고통의 지옥 속에서
헤어나지 못하리.
모든 것들은 세월에 따라 시간 따라
그저 흘러갈 뿐인 것을

흐르는 물처럼 스치는 바람처럼
아름다운 과거에 의미를 두자
영원이란 단어처럼 인생을 변함없이
살 수는 없으리라.

어제가 가면 오늘이 오고'
오늘이 가면 내일이란 놈이 오듯이

올 것은 오고 갈 것이다

오늘 지금 이 시간에
가장 소중하고 행복함을 느끼며
가진 것에 행복하면
그것으로 족하리.

목 울음

그리운 것을 그립다 하는 것은
아직 그리운 것이 아니다

외로움을 외롭다고 말하는 것도
아직 외로운 것이 아니다.

너무도 그립고 너무도 외로우면
차마 아무 말도 할 수조차 없다.

슬픔이 넘치면 울고 싶어도
울 수 없듯이

가슴에 묻어 둔
그리움과 외로움의 슬픔을
꺼내어 풀어 놓아보니

흐르는 세월앞에
초라해진 내 작은 모습
거울이더라.

목마름

한 사람 한 사람 사람들을 만날 때마다
내겐 참으로 귀한 사람들입니다.

아무에게도 풀어놓지 못하고
늘 가슴 한구석에 응어리진 한 맺힌
지난 세월들을 풀어놓는 사람들과의
만남은 내겐 더없이 소중합니다.

내 지나간 설움도 같이 토해내며
흐르는 눈물을 닦아주기도 하고
때론 내 설움에 같이 울기도 하고...

나이가 들었나 봅니다.
한적한 시골의 풍경 속에서 지내고 싶다는
생각도 하게 되고

오다가다 쉬어가는 인생의 쉼터노릇을
할 수 있는 공간이 그립기도 합니다.

신의 말씀을 전하기에 앞서

인간의 마음으로 늘 안쓰러웠던.
그래서 늘 가슴에 설움과 외로움을
안고 사는 내가...

요즘...신의 말씀에 목말라하고 있습니다.
인간의 욕심과 탐욕으로 가리워진 신심...

그래서 눈도 귀도 멀어버린 내 자신..
기도할 수 있을 때 기도하는 것이 아니라
기도할 수 없을 때 기도해야 하는 것임을 아는 내가..

사막과 같은 메마른 맘으로
오아시스 같은 신의 말씀을 목말라 하고 있습니다.

열린 공간이 그립습니다.

비우고 비워도
어느 새 잡념으로 꽉 차 버린 내 머릿속.

한바탕...
또다시……
내 자신하고의 싸움을 해야 할까 봅니다.

무제

술 한 잔 했습니다.
쓸쓸한 친구끼리 떠나간 친구를
각자 나름대로 그리워하며

내가 믿는 신령님들한테
다시 한 번 여쭈어 봅니다.
왜 내 친구를 떠나보내야 하는지

하지만
대답이 없으십니다.
또 하나의 친구는
나를 원망합니다.
나 또한 원망합니다.
이게 도대체 뭐냐고

허전합니다 그려
메워지지 않는 허전함에
잠을 이룰 수가 없습니다 그려
내가 과연
신의 선택을 받은 신의 제자가 맞는지.

가슴 아픈 후회

또…
인간의 욕심을 부렸나 봅니다.
등 돌려 간 사람
잡지 말았어야 했는데

내 능력이 아닌 것을
또 인간의 모습의 나를
바라봐 달라고 애원한 꼴
이 되어 버렸습니다.

만월당 신령님이 아니면
고칠 수 없었노라고
나보다 더 강한 믿음을
보이던 그가

사랑 찾아 신령님께
등을 돌렸습니다.
수없는 시간이 지난 지금
그의 인등을 보며

눈물로 기도했었는데
어느날 문득 그가 한없이 보고 싶어
전화를 했지요.
등 돌려 간 사람 인간의 맘으로 잡지 말고

되돌아 후회하며 돌아와 도와 달라'
매달릴 땐 한없이 사랑으로 보살펴 주시라던
신령임의 말씀을
이제야 알겠습니다.

또 신령님의 말씀을 거역하고
인간의 욕심으로 그를 보고싶어
전화했던 이 부족한 제자
가슴 치며 후회합니다.

모든 것은
부족한 내 탓인 것을

용서하소서.

가슴앓이

미소를 머금고 아니다 도리질쳐봐도
싸늘한 눈웃음에 그대의 속내가 비치더이다.
젖달리
흰쌀밥에 고기반찬 얹어주며 토닥여 준다한들
배고파 당장 죽어도 지심어린 그대의 사랑 한 자락에
배불리는 내 여린 마음은 왜 모른다 외면하시나이까.

인간이기에 그러려니 언젠간 나아지려니
이해하고 덮어두려 애를 쓰건만
그러는 동안 그대와 나 사이
사랑이란 이렇게 금이 가고 있음야.

같이 있어도 한 마디 농에 분이 솟구친다면
애증의 그림자가 찾아오고 있음이라
불신의 마음이 생긴지 오랜지라'
빈 마음으로 내 곁에 머무르지 마옵소서.

불 같은 사랑도 한때이거늘
이제는 뚝배기 같은 은근하지만 쉬 식는 줄 모르는
그런 사랑이 필요한 나이인지라

아무리 비단옷도 제것이 아니면 불편합니다.
마음없는 빈 몸으로 내마음을 산란케 하지 마옵소서.

가슴에 묻어둔 그리움

새벽 안개처럼 짙은 그리움이'
파도처럼 내 마음 속에서 일렁일 때면
등돌려 보내야만 했던
작은 소녀아이 하나가
생각이 납니다.

신의 인연으로 맺어졌던
그러나 내속으로 낳은 또 하나의
새생명처럼 소중했던

언제나 늘 내 곁에서
새처럼 쫑알댈 것이라 생각했던
그 작은 소녀아이가
한스런 내 맘에 무거운 바윗덩이 하나를
얹어놓고 돌아섰던 날.

차라리 무당이 아니었더라면
작은 아이의 흐느끼는 좁은 어깨를
보지 않아도 되었을 것을.

제 인생의 모두가 선생님께 달린 것 같아
홀로서기를 하고 싶어 선생님 곁을   떠날 생각을 했습
니다

그래
가거라.

인생의 주인공은 바로 너이기에
맘껏 날갯짓하며 살아보거라.
그 날개가 무거워 헤어지고 닳아지고
힘이 없어 암흑의 절벽 속에 빠질 것같을 때

그땐 다시 찾아오려무나.
제발 상처받지 말고
힘찬 날갯짓으로 활개치며 살아가거라.

그렇게 그 작은 소녀아이를 내 품에서
내려놓았습니다.
잊을 수 없는 그 아이의 웃음소리
나를 챙겨주던 작은 손

이제 그 아픈 그리움을
내 가슴 속에 또 하나의 그리움으로
묻어 두어야 합니다.

이제

다시는 꺼내서 피멍든 그리움으로
또 울리지 않으렵니다.

나는 무당이니까.

간절한 발원

잊어야 한다는 마음으로
다시는 돌아보지 않겠다는 마음으로
내 안에 계신 신들께
정성스레 절을 합니다.

가슴이 아프고 마음이 아프면
늙은 육체가 누워 일어나질 않으니
그대 향한 내 마음을
어찌 닫으리오.

할 일도 천지요 갈 길도 바쁜데
내 마음 한곳에 머물러
닫혀버린 생각이란 놈과
치열한 전쟁을 벌입니다.

갈등(1)

나를 사랑하기 위해 당신을 사랑합니다.
숨겨둔 그리움이 울컥거리며
외로움의 늪을 지날 때마다
한줌씩 생겨나는 애증의 잔해들…

당신을 미움의 섬으로
떠밀지 않기 위해
난 당신을 사랑해야 합니다.

짧은 만남과 짧은 행복속에
우리가 지나쳐야만 하는
어둠의 터널들은 악마의 무게로
내 가슴부터 짓눌려옵니다.

내가 아파하지 않으려면 당신을
사랑해야만 합니다.

아파서 아픈 것이 아니라
당신을 온전히 사랑하지 못함이
큰 아픔입니다

억울한 소리를 들어도 억지를 부려도
수많은 내 안의 나와 싸워 이기려면
당신을 사랑해야만 합니다.

오기라 말해도 독기라 말해도 괜찮아요.
당신을 사랑하는 것이 나를 이기는 것이라면
당신을 사랑해야만 합니다.

의무와 책임이 따르다보면 어느새 순백색의
사랑이 찾아오겠지요.

지금은 애증의 그림자로 에워싸여 있는
답장 없는 마음의 감옥 속에서
당신을 사랑하지만

하늘과 바다를 닮은 드넓은 사랑을 기대하며
난 당신을 사랑해야만 합니다.

갈등(2)

마음 끝자락에 그를 밀어다 놓고
나아닌 또다른 나를 헤집어 본다.

수많은 나와 내 자신을 단도질 하듯
그 또한 수많은 자신과 회전목마처럼
돌고 또 돌고 있다.

찾을 수 없는 우리 둘 사이의 꼭지점....

나는 여기 있는데...
그는 저 멀리 내 마음 벼랑 끝에 서서
옅은 눈웃음으로 살랑거린다.

아픈 사랑도 사랑이련만...
애증이 동반되어 갈기갈기 찢어진
내 마음이 갈바람에 휘날린다.

걱정 말아요 그대

걱정 말아요 그대
언제나 그 자리에
내가 있어요.

누군가 내 옆에 있어도 외롭고
바쁘면 바쁜 대로 외롭고
군중 속에 외로움을 느낄 때에도

혼자 아닌 혼자임을 느낄 때
그대 나를 생각해 주세요
그리고 나에게 오세요

그대의 공허한 마음 채워 주리다

그 사람이 미워지면
좋아했던 그 시작을 생각하구요.

그 사람한테 애증을 느끼면
사랑의 첫 시작을 생각하세요.

추억이란
지나간 과거로만으로도 아름답지만

허한 가슴에 외로운 마음 위에
뿌려놓으면 파릇한 새싹처럼
사랑의 씨앗이 될 수도 있습디다.

내가...
그대의 위로가 되고

그런 그대는
바로 나의 위로자요.

내가 세상 살아가는
사랑의 에너지이기 때문입니다

그러니..
그대
아무 걱정 말아요.

고독

소롯한 빗소리에
떨리던 꽃잎 하나가
소리없이 스러진다.

덩그러니 혼자
너른 마당을 지키고 있는
우리집 너른 평상 위로
지긋하게 비는 내리고

그 비를 바라보는
내 가슴 사이로도
한 줄기 빗방울이
흘러내린다.

공허

어지럽게 불어대는 바람처럼
정처없이 흘러가는 강물처럼
머물 수 없는 내 마음이
사방에 흩어져 날아갑니다.

세월이 약이라 했는데
인간은 망각의 동물이라 했는데
세월이 갈수록
내 마음의 상처는 깊어만 가고
더욱더 또렷해지는
추억의 긴 그림자

폭포처럼 쏟아지는
빗줄기를 쳐다보며
마음이 떠난 내 빈 육체는
부초처럼 오락가락
애증이 긴 강을 넘나듭니다.

관계

사람과 사람 관계
너무 힘들다.
이제 무슨 일이든
웃으면서 넘길 수 있는
나이가 아니던가.

내깐엔 참는다고 참는데
내깐엔 이해할만큼 이해했다고
생각했는데

힘겨워도 내 어깨에 메고
가야하는 건지
내 마음 비우고
갈 사람은 가고 올 사람은 오라고
흘려 보내야 하는 건지

사람 관계 너무 힘들다

귀로(1)

참 많이도 울고 참 많이도 아파했습니다
수없는 사랑과 이별 속에서 오고갔던
많은 인연들 속에서 난 어느새
노약자석에 앉아도 이상할 것 없는
나이가 되어버렸습니다.

머리는 끄덕이며 이해가 되는데
왜 이 시린 가슴은 받아들여지지 않는 걸까요

요즘은 만나는 사람들 모두 착하고
아름답고 맑고 순수하고 이쁜 사람들 속에
내가 있습니다.

내 마음대로 오고싶어 온 이세상이 아닐진데
가는 것도 내 마음대로 안될 걸 알면서도..
자꾸만 욕심이 생깁니다.

사랑할수록 사랑은 깊어지고
육신은 늙어가도 정신은 더욱더 어려만지고
아름답게 늙어가고 싶습니다.

귀 로(2)

다시 돌아갈 그 때를 위해
잠시 임자 없는 것들을
빌려 쓰고 있음이라

아무리 소중한 물건일지라도
내가 죽고나면 한낮 잡쓰레기에
불과한 것을

내가 살아 있을 때
내가 가장 소중하고 귀하게 여기고
있는 것들을 나누어주고 떠나자

내가 행복할 때
이별하는 법도 배우리라

그리움(1)

설래는 가슴이 있어 기다리는
아픔이 있었고
텅 빈 가슴속 울부짖음에 보고픔이 외로움으로
변해 하염없이 흘러내렸습니다.

외로움도 이젠
그리움이고 사랑인 것을..

당신이었기에 가능한 이 모든 것은
당신 때문에 생겨난 알 수 없는 마음
이것 또한
당신을 향한 그리움이었습니다.

그리움(2)

파도가 다가옵니다
내 마음에 그리움의 파도가
일렁입니다.

시리도록 아픈 내 사랑이
애틋한 그리움의 파도가 되어

스러져 가는 내 가슴에
시퍼런 멍 자욱을 남기며 부딪혀 옵니다.

너무도 아팠던 사랑이기에
한 발자욱도 움직이지 못하고
찢겨져 가는 가슴 한구석을
움켜쥐고서 부서져 다가오는
그리움의 파도를 온몸으로 맞이합니다.

목놓아 울부짖습니다
진정 그대를 사랑했노라고
사랑했기에 보내드리겠노라고

내 온몸에 시리도록 아픈
멍 자욱을 남기며 끝없이 부서지는
그리움의 파도에게 난 마지막으로
손짓을 합니다

하지만
난 그대를 잊지 못하겠노라고

그 누구를 위한다는 건

말없이 지켜봐 주는 거

무관심이 아니고
방관이 아닌
그냥
바라봐 주고 지켜 봐 주는 거

그 대 먼길 보내던 날

가고 싶어도 갈수 없는 그 먼 길을
어찌 그대는 한마디 말도 없이 가시었소.

그 오랜 인고의 세월속에
당신의 웃음 한 자락을 그리워하는
이 많은 사람들을 뒤로 남겨두고

어찌 그 먼 길을 눈짓 한 번 주지 않고
홀연히 냉정히 가실 수 있단 말이요
그 작고 여린 육체 안에 큰 우주를 담은
그대의 마음속..

사랑과 희생과 인내를 부둥켜안으며
거센 파도와 같은 그대의 인생과
싸우는 모습에서
이 부족한 내가 용기를 얻으며
희망을 품고 살아왔건만

어찌 이리도 무심하게 마지막 한 마디 인사도 없이
그 먼 길을 떠나셨단 말이요

그대..
할 말이 얼마나 많았을까나
그대 그림자 같은 자식들을 두고
앞장서 가야하는 그 걸음걸음
얼마나 무겁고 피눈물이 얼룩진
길이었을까나…

만월아…
나 너랑 꼭 같이 살아보고 싶다
이 다음에 니 형부 먼저 보내고
니랑 나랑 물 맑고 공기 좋은 곳에서
기도하며 살자

나 늙었다고 구박하기 없기다

지금도 그대의 웃음진 말이 귓가에 맴도는데
그대의 모습은 어디에 있단 말이오.

늘 소녀 같던 그대
아무리 힘든 고통이 닥쳐와도
그대보다 못한 이들을 위해 기도하던 그대

늘 나를 위로해 주던 그대를
그 먼 길을 떠나보냈습니다.
나는 죄인 중에 죄인입니다.

오늘이
그대를 그 먼길 따라 하늘로 보내는 날
마지막 가시는 길도 지켜봐 주지 못하는 나
그대 앞에 난 평생 죄인입니다.

나 또한
앞으로 살날보다 당신 따라 그 먼 길 갈 날이
가깝다는 거 압니다

그대
쓸쓸히 혼자 보내 미안합니다
가시는 길 혹여 뒤돌아보지 마시고
편안히 가벼이 가시옵소서
병들어 힘들었던 육체를 벗어버리고
새털처럼 가볍고 천사같이 아름다운
그대의 미소만 담아
나비처럼 살포시 가시옵소서.

나 그대
이 세상 다 살고 그대 만나러 가는 날까지
그대를 기억하며 기리겠나이다.

그곳에서 살기 좋은 곳 있거들랑
내 쉴 곳도 그대 곁에 만들어 주소.

그대….

사랑했습니다.
존경했습니다.
그리고 미안합니다.
편히 가소서.

술 한 잔의 그리움

술 한 잔의 그리움을
두 잔 술에 가슴을 안고
삐에로의 분칠처럼
마음의 문고리를 살며시
잠구어 놓고

외로움을 감추려고
공허로운 내 가슴에
하얗게 분칠을 했다.

석 잔 술에 내 온몸을 적시며
대답없는 메아리에

난
피 끓는 내 설움을
빈 가슴으로 토해낸다.

그리워하지 말자

나는 의사다
신의 뜻과 말씀에 의해
만인의 영적 고통을 치유해주는
정신과 의사다.

만월당은 병원이다
심신이 지치고 병원 만인을 위해
열어놓은 신의 세계 속의 만인의 병원이다.

내 곁에는 늘 환자만 있을 뿐이다
심신이 편안하고 행복한 사람이
내 곁에 있을 이유가 없다.

힘들게 만월당 문을 열고 들어온 이들은
기도와 사랑 속에 치료를 받아 새로운 새 삶을
향해 힘차게 만월당 문을 열고
자신들의 세상 속으로 사라진다.

때론
그대로 아픈 마음을 안고 완치가 되지 않은 채

다른 병원을 찾아 나서는 사람들도 있다.
의사인 나는
인내와 믿음으로 다시 한 번 손을
내밀어보지만 그 환자는 내 손을
뿌리치고 나를 원망하며 떠나기도 한다.

완치되어 행복을 가득 안고 희망에
부풀어 나간 사람도

다 필요 없다고 나를 밀치며 나간 사람도
나는 왜 이리도 그리운 걸까

아픔을 뒤로 하고 정말 새로운 힘을 얻어
행복하게 잘 살고 있으려니
무소식이 희소식이려니

그래도 나는 그들이 그립다
한번쯤 소식이 오려나
아님 문자메시지라도

너무도 사람이 그리운 내가
오늘도 아픈 사연을 가진 이들을
반가이 맞으며

뒤돌아 는 그들 등 뒤로 가만히 숨어
기도를 해 본다.

그리고 또 하나의 다짐도 해 본다
그리워하지 말자

후인

그냥 이대로 바람처럼

나를 스쳐가 주길 바랍니다.

내가 당신 곁을 떠나지 못하기에
당신이 먼저 내 곁을 떠나 주길 바랍니다.

당신은 나의 목숨이요
당신은 나의 영혼이기에

내가 당신을 떠나감은
내가 이 세상에 존재하지
않는다는 사실입니다.

아픔으로 끝나는 사랑이 아니라
죽음으로 끝나는 사랑을
지금 난 미치도록 하고 있습니다.

그래 감사하며 살자

순간 순간 복받치는 설움에 밤을 지새우고
짙은 어둠 사이로 작은 불빛을 봅니다.

살아 있다는 것에
감사하며 살아야지.

아름다운 죽음

어쩌면 인간의 삶이라는 게 죽음을 위해
살고 있는 것이 아닌가 합니다.

아름다운 죽음을 위해

그러려면 잘 살아야 할 텐데
아주 잘

그래
뒤 돌아보지 말자
후회도 하지 말자
미련도 갖지 말자
그리워하지도 원망하지도
미워하지도 말자.

그래
그로 인해 많은 것을 배우고 깨달은 것에
감사하자
죽을 만큼 힘들지 않은 것에도 감사하자.

육십 고개를 넘은 이 나이에
무엇이 두려우랴

세월의 미인

나이답게 늙어가자
그래 .
늘 감사하자
그리운 걸 어찌하리.

보고픈 걸 어찌하리

내 마음 가는대로
그대를 따라가자니
또 다른 내가
나를 붙잡는다.

수만으로 조각난 내 마음이
빗속에 갈기갈기 찢겨져
꺼이꺼이 울부짖는데

가슴속에 화살처럼 와 박히는
그대의 눈빛이
나의 심장을 찌른다.

그리움이 바람처럼 스며들면서

외로움이란 도적놈이 자리를 잡았다

내 마음속에 비집고 들어와
한켠에 집을 짓고 나를 아프게 한다.
죽자 살자 피 터지는 갈등과 전쟁 속에서
그래도 미워하지 말자.

모든 건.……
외로운 내 탓이 아니던가.
……

집착

아홉 개의 높은 미움의 봉우리에 밀려
저 멀리 깊고 너른 바다로 떠밀려 갑니다.

매달려도 보았고
붙잡아도 보았고
투정도 부려 보았고
죽겠다고 으름장도 놓아 보았습니다.

사랑이란...
변하고 움직이는 것이라 했던가요..

사랑이란..
어차피 아프고 괴롭고
또 다른 사랑이 아니면 치유될 수 없는
요망한 것이기에 믿지 말라 했던가요.

엉크러진 내 머릿속에
뚜렷하고 확실하게 나를 깨우는
그리움 하나...

온몸이 피투성이가 되어도
얼음장 같은 당신의 몸에 내 몸이 얼어붙어 버려도

그래도
그리움 하나 믿고
당신을 불러 보았습니다.

애증도 사랑이요
미움도 사랑인 것을.

그리움 하나가
아홉 개의 미움을 떨쳐 버리지 못하고

먼 길을 떠나고 맙니다.

산산이 부서져..
그놈의 그리움 때문에 눈물로 범벅된 내 초라한
모습을 다시는 보이지 않으렵니다.

잘 가라
그리움이여…

기도 낙서장

남에 눈에 있는 티만 보게 하지 마시고
내 눈에박혀있는 티도 빼내어 버릴 수 있는
능력을 주소서.

인간의 생각과 마음으로 할 수 없는 세계를
넘나들면서도 인간의 생각과 마음으로
살려고 하는 미련함과 어리석음에서
벗어날 수있는 능력을 내게 주소서.

내 자신이 긍정적인 삶을 살고 있어야
만인에게도 그 삶의 진가를 말해줄 수
있는 것임을 깨닫게 하시어

순간순간 넘어지는 내 자신을
호되게 꾸짖어 다시 일어나
당신에 뜻에 따라 살게하소서.

가슴 한구석에 쌓여가는 이유 없는
미움과 애증도 사라지게 하소서.

내 자신을 항상 돌아보고 내 주위에 일어나는

모든 일들은 나로 인한 것이며
모두가 내 탓임을 참회하게 하시되

다시는 반복되는 죄를 저지르지 않게
저를 붙들어 주소서.

만인의 인생을 들여다보고 그 아픔을 함께 나누고
희망과 용기를 주어야 하는 내가

삶에 치어
눈 뜬 장님처럼 듣는 귀머거리처럼
말하는 벙어리처럼 살지 않기를
간절히 기도합니다.

소유과 집착에서 벗어나게 하시고
스러져가는 육체와는 달리
더욱더 맑은 영과 기를 주시고

흐르는 물처럼
잡을 수 없는 바람처럼
모든 것을 순리대로 행할 수있는
마음의 여유와 평안을 주소서.

간절히 기도합니다.

기다림(1)

탁자에 놓인
한 송이 흑장미가]
물빛 서러움으로
내 가슴에
긴 그림자를 드리웁니다.

사랑한다고
보고 싶다고
한 번도 말한 적 없지만
내 가슴에 한 송이 흑장미를
심어준 사람
온 세상의 삶의 무게를
혼자 다 짊어진 양
늘어진 그의 어깨가
언제부터인가
내 삶의 무게로
다가왔을 때

소리 없이 번지는
그대의 희미한

미소를 보았습니다.

머무를 수 없는 그대의 사랑을
난
알고 있기에
그대를 사랑한다고
말하지 않으럽니다.

그렇게 저렇게
흐르다 흐르다 지쳐
그대의 사랑이
쉴 곳을 찾아 헤맬 때
난
그때
그대 사랑의
옹달샘이 되겠습니다.

기다림(2)

오늘처럼 당신이 무척이나 그리운 날엔
하늘도 시리도록 푸르고 높기만 합니다
마치 내가 그대에게 갈 수 없는 유혹처럼

사랑한다는 말로는 너무도 부족하기에
당신 곁으로 달려가는 내 마음을 안간힘을 다해
내 맘속에 붙잡아 가두어 봅니다.

놓을 수도 붙잡을 수도 없는
바람 같은 당신이지만
늘 내 곁에서 내 숨결같이
나를 지키는 당신…

당신의 사랑을 믿기에
그 사랑의 힘으로
오늘도 버티어 봅니다.

그리움이 눈물 되어 바다를 이룬다 해도
당신과의 사랑을 믿으며 오늘도
기다림의 문고리를 살포시
열어 놓으렵니다.

기다림(3)

질문을 던져놓고 답을 기다립니다.
흐르는 물처럼 시간은 흐르는데
답 없는 하얀 백지만 내 시야를 가립니다.

할 말이 너무 많아 말문이 막혔을까
닫은 마음을 들켜서 변명을 생각하는 걸까

활화산 같은 내 마음은
긴 시간이 필요치 않건만

내 맘 같지 않은 그대의 마음
나도 아는데 당신은 모를까

애타는 나는 마음의 문고리를 잡고
조금씩 조금씩 열린 마음을 닫아 갑니다.

길

당신이 가는 길 모두가 길이다
없는 길을 내가 첫발을 내딛었을 뿐
그 길이 다른 이들에겐
새로운 길이 될 수 있다는 것이다.

내가 가는 길의 방향을 묻지 말자
내가 가는 이 길이 곧
내가 가야 할 길이며

길이 아니면 만들어서라도 가야 할 일이다

내가 가는 이 길이
수많은 사람들의 길이 될 수 있기 때문이리라.

바람

깊은 밤에 묻혀있던 검은빛 하늘이

서서히 푸른빛으로 세상을 비추겠지

이제 곧
가을빛 청명한 하늘빛으로
세상을 비추겠지

머릿속 생각과 가슴속 뜨거운 내 심장과의
진실한 대화는 언제쯤 합을 이루며
답을 찾을까

자려고 애쓰면 애쓸수록
고개를 쳐드는 생각. 생각들
새로운 세상의 이슈들을 위해

상처받은 가슴앓이를 뒤로 한 채
오늘이란 단어에 난 또 집착한다.
그 누구를 그리워하며

끝 그리고 시작

그리움에 목메어 울 시간이 어디 있더냐
서러움에 가슴 아픈 빈 마음이 어디 있더냐
나의 육체는 하루하루 스러져 가는데
신령님들 향해 가기도 바쁜 이 길이건만...

그래서 나는...
이별도 떠나보냈고
사랑도 떠나보냈고
지나간 내 시간들도
떠나보냈다

끝은...

새로운 시작이리라…

나는 무당이다

나는 무당이다. 신과 인간의 중간에서 신의 말씀을 전하는 영매이다
종교를 넘어선 제자가 되는 것이 나의 기도목적이다

교회 집사님이 가끔 나를 ㅎㅎ찾아 오신다.
새벽기도를 다니시는데 요즘 맘이 산란해서인지
기도가 잘 안되신단다
그러시면서 하시는 말씀이
만월선생 새벽기도좀 잘 되게 날 위해 기도 좀 해 주세요

그러면 서슴없이
네 그럼요 해 드릴께요. 맘잡고 하나님께 기도할 수 있으시게
기해도 드릴게요.
며칠 후 그 집사님께서 밝은 목소리로 전화가 왔다
만월선생 내 기도 열심히 하셨나봐
맘이 너무 편해서 기도도 잘 되고 일도 잘 되었어. 고마워.

내가 기도하고 생활하는 이곳 만월당
이곳은 어느 종교를 가지고 있는 사람이든 모든 사람들이
상담하러 오는 공간이길 나는 바란다
인생의 조언자로서 서로의 아픔을 끌어안고
내일처럼 아끼며 그 사람의 고통을 위해
내 모든 것을 바쳐 기도하며 희생하는 것이
내가 하는 일인 것이다

짧게나마 전화로 대화한 그 제자분
다시 이곳을 찾으신다면
용기 내서서 기도하시기 바랍니다.
죽기를 각오하고 기도한다면 못할 일이 없으리다.

신이 나를 택하고 내가 신을 택하여 조상의 한을 푸는
무당이 되었기에 내 설움에 더욱더 힘든 이 길…

버리고 비우며 그저 한 인간을 위해 사랑으로
희생하는 것이 우리 제자들이 할 일이요.
갈 길이 아니던가

이제 얼마 있으면 크리스마스가 다가온다 .
크리스마스 이브에 성당 자정미사를 갈 참이다

지금도 외우고 있는 성모송을 마리아님을 보면서
외우고 싶고 기도하고 싶다

아 지금부터 내 맘은 감동으로 떨려온다.
이런 느낌과 그리고 성당을 갈 수 있는 용기를,
주시는 우리 신령님께 너무 감사합니다.

이제 난 누가 뭐라 해도 흔들이지 않는
무당인 것이다.
무당으로서 성당의 미사를 참석하는 것이다
그리고 많은 사람들을 위해 기도도 하고 올 것이다.

제자님들 힘냅시다
그리고 용기와 희망을 내게 주는 것은 신당에
좌정하신 신령님들이십니다

모든 제자님들
늘 마음의 평화가 함께 하시길
축원합니다.검푸른 바다와 한 몸이 되길 간절히 원하
며

그놈의 사랑 때문에 더이상 아파하지 않기를

끝사랑

설레는 가슴이 있어 그리움이었고
텅 빈 가슴의 울부짖음에
보고 싶었습니다.

당신이기에
가능한 이 모든 내 마음의 변화들.

외로움도 이젠
그리움이고 사랑인 것을
이 모든 것은 당신 때문에
생겨난 알 수 없는 마음…

이것 또한
당신을 향한 사랑이었습니다.

세월의 흔적

초판인쇄 2024년 3월25일

지은이 ㅣ 장경학

펴낸이 ㅣ 이규종

펴낸곳 ㅣ 해피앤북스

등록 ㅣ 제2020-000033호(2020년 2월 11일)

주소 ㅣ 서울 마포구 토정로 222 422-3

전화 ㅣ 02) 323-4060

팩스 ㅣ 02) 323-6416

ISBN ㅣ 979-11981192-2-3

정가 18,000원